KB201843

# 기억의 형용사

**동시영** 충북 괴산에서 태어나 동국대학교 국어국문학과 졸업 이후 한양대학교 국어국문학과 박사과정을 졸업했다(문학박사). 이후 독일 레겐스부르크 대학교 인문학부를 수학하고, 한국관광대학교와 중국 길림재경대학교 교수를 역임했다. 2003년 『다층』으로 등단했다. 시집으로 『미래사냥』 『낯선 신을 찾아서』 『신이 걸어 주는 전화』 『십일월의 눈동자』 『시간의 카니발』(선집) 『너였는가 나였는가 그리움인가』 『비밀의 향기』 『일상의 아리아』 『펜아래 흐르는 강물』 『마법의 문자』 『수평선은 물에 젖지 않는다』를 펴냈다. 그 밖의 저서로는 『노천명 시와 기호학』 『한국문학과 기호학』 『현대시의 기호학』 『여행에서 문화를 만나다』 『문학에서 여행을 만나다』 등이 있다. 한국문화예술위원의 예술창작 지원금 수혜(2005년), 박화목문학상 시 부문 본상 수상(2010년), 시와 시학상 젊은시인상 수상(2011년), 한국불교문학상 대상 수상(2018년), 제32회 동국문학상(2019년), 영랑문학상 평론 대상 수상(2020), 한국문인협회 박종화문학상(2021), 문학청춘작품상(2024년)을 수상했다.
siyoung.doung@gmail.com

황금알 시인선 313

# 기억의 형용사

초판발행일 | 2025년 6월 16일

지은이 | 동시영
펴낸곳 | 도서출판 황금알
펴낸이 | 金永馥
주간 | 김영탁
편집실장 | 조경숙
표지디자인 | 칼라박스
주소 | 03088 서울시 종로구 이화장2길 29-3, 104호(동숭동)
전화 | 02)2275-9171
팩스 | 02)2275-9172
이메일 | tibet21@hanmail.net
홈페이지 | http://goldegg21.com
출판등록 | 2003년 03월 26일(제300-2003-230호)

# 기억의 형용사

## 동시영 시선집

황금알

생각은 누구의 주소인가?

줄장미가 피어나는 생각 속,
목숨인
씨의 집
계속의 몸
기억의 형용사를
듣고 바라보고 만진다

열 권의 시집은 열 권의 생각

다시,
한 권의 생각들로 모인 시들이
말하고 있다

2025년 봄

# 차 례

## 1부 수평선은 물에 젖지 않는다

## 2부 마법의 문자, 펜 아래 흐르는 강물

## 3부  일상의 아리아, 비밀의 향기, 너였는가 나였는가 그리움인가

## 4부  십일월의 눈동자, 신이 걸어 주는 전화

## 5부  낯선 신을 찾아서, 미래 사냥

# 1부

수평선은 물에 젖지 않는다

# 그를 방랑하다
— 천전리 암각화

　　　　　시간의 소가
　　　　　신화의 가슴에서 풀 뜯다
　　　　　안개 입속으로 들어간다

나이나이 난시루 나이네 나이루

시간 삼거리,
어제 오늘 내일 위에

옛날을 되새김하는
돌이 된 소 한 마리

돌의 입술에선 신성한 전언

시간도 멀어지면 베일 쓴 매혹

때론, 미래보다 과거에 더 설랜다

그림 손으로 선사先史 살결 만지고
부호符號 속 향연으로 깊이 들어간다
키르나르 수가르 헤르혀 수마르타 나이나이 난시루 나이
네 나이루

얼굴은 본래 신이 주신 가면
가면 같은 남자 얼굴
암호 같은 눈빛

셀 수 없는 시간 너머
그가 나를 응시하고
시선視線에 길을 놓아
나는 그를 방랑한다
수가르 나르메 부카르 흐르카니 나이나이 난시루 나이네
나이루

과거와 현재는 너무 닮은 형제

목숨 건 먹이 사냥
성속聖俗 넘는 남녀 교합
불안의 짝 기도에
취함인가 몰입인가
니네 나네 난시루 나이네 나이루

늙지 않는 영원에
대답 없는 질문의 터

몸에 다녀간 생각들 같은
장소에 왔다 간 동작들 나와
나이나이 난시루  나이네 나이루
나이나이 난시루 나이네 나이루

# 생각은 누구의 주소인가
— "따라오지 마"! 의 눈동자

내가 바닥이라 부르는 것을
아래층 사람들은 천정이라 부른다
집을 포개 놓으니 의미가 포개졌다

이름은 추상의 문고리
태어나면 물샐 틈 없이 이름이 된다
이름이 짓는 추상의 집으로 들어가야 한다

아파트 문을 잠그자 밖이 활짝 열린다
열린 밖은 사람을 크게 잠근다
소리 질러 일하던 공사장 소음이
인부들 따라 가 점심 먹나 보다
뻐꾸기 소리가 내 맘에 잠깐 앉았다 간다

산은 앉아서도 간다
지나가는 등산객이 그의 길이다
길과 풍경을 교환하고
등산복 색깔로 단풍을 만든다

아는 개미도 아닌데,
까만 무관심,
개미를 따라가 ,
자물쇠, 작은 문만 만나고 왔다

전화가 말을 건다

"메소포타미아전을 언제부터 시작하냐"고 물을 때,
"나를 언제부터 세상에 전시했나" 생각하다
'질문'을 호수에 빠뜨렸다
떨어지는 질문에 호수가 깜짝 놀랐다
놀람에서 빠져나온 물이 눈 깜빡이며
'흐름'과 언제 '결혼했나' 생각한다

물이 '갈증'에 젖고 있다
흐름에 다친 상처를 조금 아파한다

호숫가 나무가 허공에 가지 뼈로 시를 쓴다
봄 여름에 쓴 잎의 문장들을 가을에 날려 보낸 건

내가 본 '퇴고'의 최고 '명장면'이다

나무는 '허공'이,
시가 없을 때부터
시라는 걸 알고 있다

사람들이 주소처럼 길에 가득 서 있다

신기루가 말하는 "따라오지 마"!의 눈동자를 닮았다

　따라오지마의 주소들이 번지듯 나타나듯 스미듯 하고 있
다

# 해석을 넘어가고 질문으로 간다
— 갬미페스*


갬미페스 ,
무슨 삶을 넘다가 이리 높은 고개가 되었나

광야는 진공처럼 고요하다

텅 빔의 풍요—,
거대 바위 그릇,
흘러 담기는 원시의 액체

길은 길고 시간은 짧다
짧은 스커트, 시간 아래
길고 긴 갬미페스 다리 조금 보인다

기다림의 이정표, 나무
초록을 건너다니는 징검다리
나무처럼 서 있는 사람 한 그루
시간에 뿌리 깊이 내린다

바람 부는 날은 ㅍ이 바빠—

꽃들은 무슨 잠에서 깨어나나

야생화 표기법
누가 하는 말인가
누가 떨구고 간 웃음 파편인가
무엇이 이리도 무늬 내려 보는가

과정만 연습하는 목숨의 길
오후 다섯 시가
금빛 길을 간다

시간은 부유하다
끝없이 오는 내일

해석을 넘어가고

질문으로 간다

* 스위스 로이커바트의 고개

# 춤추는 물컵


반쯤 열린 어둠
침묵을 액세서리로 달고

꽃밭으로 웃고 있는 편의점 지나
잠깐 슬퍼졌던 마음 건너
가을 열린 대문 9월 입구 안쪽,

쿠션, 커피잔, 믹서기...처럼 앉는 카페 사람들

넘치는 말들은
다홍빛 번개

초엔 불을 붙여 녹이고
비누엔 물을 붙여 녹이고
사람엔 시간을 붙여 녹이나?

바다도 결국 물 담긴 큰 컵
춤추는 물컵이지

구름 하늘 소금밭
너무 많이 바라보면
눈이 짜

세상은 미끄럼판
미끄러움은 새것의 입구야

행복은 필수 도구
쓰는 방법을 익혀야 해

하늘도 사람처럼
낮의 눈동자, 해
밤의 눈동자, 달
두 개의 눈동자를 가졌어
별들은 찬란한 나머지들이지

생각에도 새싹이 난다고
계절을 넘나드는

부부는 서로의 등대야
못난 건 잘 난 것을 비춰주고

사람도 거울
남의 모습만 보여 주는

마음도 너무 많이 쓰면 닳아빠져

어제를 밀면 오늘이 나와
미닫이문이지

세상도 사람도 여백 많은 그림
모르는 것이 더 많은

사람도 결국 큰 가리개야
`･･･････････････････`

말의 번개가 생각의 초원初原을 두들긴다

말들이 카페를 연주한다

"아메리카노 리필 가능한가요?"

사실 같은 것들이 번쩍이며 조명하다 가고

순간의 틈새로
비밀들이 들어 온다

# 채널 9.20

채널 '9.20'을 켠다
오늘 화면이 환하게 온다
날마다는, TV화면보다 더 먼 곳으로부터 온다

안개 크림을 듬뿍 바른다

새들이 나와 소리방아를 찧는다
큰 '확確'처럼 '확' 트인 야산이
일제히 음악을 찧는다
리듬의 즙이
꽃향유 구절초 오이풀 용담 각시취... 꽃잎에 스민다

다람쥐가
사람들 얘기 소릴,
식탁 삼아 밥 먹는다

천 년 주목 숲길,
과거면서 현재,
오 백 년 전 시간도, 천 년 전 시간도 나와

나무들과 나란히 춤추고 있다

나뭇가지와
생각의 가지 사이로
신라와 고려가 웃고 있다 간다

팔왕눈이 주목이 여덟 개의 눈을 떴다

사람들의 시선 경계 그 너머에
'눈평선'을 긋고 있다

태초보다 더 이른 시간으로 가
메아리처럼
울려 퍼지고 있다

장소의 카니발 속,
오래된 과거도 현재의 가지로 크게 자라나고 있디

# 수평선은 물에 젖지 않는다


수평선은 물에 젖지 않는다
그리움에 젖는다

없음을 닦아내는 창,
물봉선이 피어 있다
여뀌꽃이 오고 있다

낙엽은 낙서

목숨의 오후가 붉다

외롭지 말라고

그림자 하나 따라온다

나 너 그리고에 입맞춤한다

# 리기산*이 시 속을 지나가다


마음이 쑥쑥 자라난다 가지친다
행복의 무게처럼 가벼워진다

길들은 빨랫줄
우울을 널어 말리는

씨앗처럼
안개에 풍경을 빠뜨려,

커 오르는
산정 흰 눈ㅡ,
지우개, 녹빛, 파랑...

흐름만이 길
제 자리는 본래 없다

먹빛 수묵인가
터너의 그림인가

마음, 다
리기산 안개로 흘러가

안개, 다
내 마음속으로 흘러와–,

원시가 줄줄 새는 빙하 폭포

내가 봤던 풍경들을.
"으르렁", 쫓아내는,
번뜩이는 신화의 몸

리기산 백지인가
알핀 설원인가
시의 산봉우리
자라나는 현재*인가
기적만이 생필품
맥박마저 너의 리듬

그때 쓰는가?
지금 쓰는가?


리기산이 시 속을 지나가고 있다




* 스위스의 산
* 르네 샤르, 「마르트」에서

# 생각을 발가벗기다

대답으로 하얗게 닦이는 질문, 새벽

어제 오늘 내일 시간 포장지

시작이 뛰어다니는 아침

소음을 따르는 도시

맥주잔처럼 넘치는 귀

거리를 잘라내는 흐림, 가위

습관에 오늘이 갇혀
책이 사람을 읽어
한 몸 속 두 몸 세 몸...생각, −
서로 만져보다 만 가지로 흘러가

흔들림인가?, 기다림인가? , 사람들인가?
낮의 형광등, 빛나도 빛나지 않아

앉아 있는 사람벤치
걸어 보고 싶어
사람에 가 앉아 보고 싶어...

'생각을 발가 벗긴다'

정말 원하는 게 뭔가 보기 위해

"네가 정말 원하는 게 뭐야?"

벗긴 생각이 웃고 있다

그를 오래 바라본다

# 군산

한낮 군산 햇살,
흰살 생선보다 더 희다

삶은 한 묶음 허기

무엇이라도 움켜잡으려,
어부는
자주
그물을 던진다

양어장 같은 집들,
치어처럼 자라나는 사는 얘기들
익혀도 익혀도 날 것 같은 삶
갓 잡은 생선처럼 빠져나간다

놋그릇처럼 닦아야 윤나는 옛날 거리,
잘 닦여 반짝 눈 뜬 놋그릇 가득
흰찰쌀보리밥을 비벼 먹는다

바닷속 얘기를 알알이 담아 온 날치알들이
"꺄르륵" 웃음으로 쏟아지고 있다

멸치 떼처럼 몰려가는 사람들 넘어
지나가다 들려 가는 오랜 친구처럼
풍경이 잠깐 안부 묻고 간다

삶은 지나감으로 익히는 과일
길 가, 담 너머 감이 익고 있다

낮으로 구운 숯,
까만 밤에,
누군가 울긋불긋 불 피우고 있다

# 줄장미가 피어나는 생각

여자가
"밥보다 마음을 더 잘 먹어야 한다고" 말하자

남자가
"마음보다 밥을 더 잘 먹어야 한다" 말한다

모르는 '나'를 따라가다
키 큰, '습관' 따라 시장엘 간다

제철 없는, 물건들 사고파는 시장 속
팔리지 않는 신풍속이
제철처럼 싱싱하다

'껍질'이 몸에 어울리는 옷을 오래 골라 사자
'알맹이'도 맘에 어울리는 옷을 한 벌 산다

밤이 어둔 방에 불 켤 스위치를 사자
낮이 어둔 맘에 불 켤 스위치를 산다

카페가 내게 다가오자
'슬픔'과 '기쁨'이, 누굴 만날 거냐?
앞다퉈 묻는다

'빈칸의 카니발'을
혼자 팔고 혼자 사고
가끔은
나쁜 생각에 팔려나간다

'버르장머리미장원' 앞
버릇없이 막자란 줄장미가
사람들 생각을
찌르다 놓다, 장난치고 있다

# 푸른 건반, 베른

땀으로 질끈 동여맸다
뙤약볕, 아레강*

길게―,
한 번 더―,
흐름을 힘껏 눌러 준다―,
푸른 건반―

새 떼 날자
허공이 싹튼다,
팔랑이는 깃털잎

강물이 흘러들자
사람들 흘러들고

오래된 건물들 나와,
마음 새로 지어 준다

떠돌이 가수 목소리 따라가,

잠깐 떠돌다 온,
골목 어깨 들썩이고
후렴구 닮은 반복옷 허리춤 –

시간 묘약 먹고 왔나?

빨강을 태워
힘껏 달리는 트람

아인슈타인 카페 앞,
그가 쓰던 공간에
사람들 마음 공처럼 튀어 오른다–,

흰 머리 둥근 컬,
그 닮은 인형 눈빛 속에 들어가,
잠깐 멈춘다

성당의 종소린가

중세의 목소린가
그보다 더 오랜,
사람 맘 하나씩 울려준다

오랜 시계탑 위,
무엇으로 시간은
흘러가는가?

흐름은 길다
흐름의 꼬리는
먼 곳에 있다


* 베른을 흐르는 강 이름

# 바람의 종을 치다

빈센트, 테오.
오베르쉬르와즈
모든 길은 그들에게로 간다

한 번씩 죽어 봤던 일밖엔
아무 일도 없었다고

죽은 듯 값도 없던 그림도
비싸게 살아나 세상을 돌아다닌다고

한 핏줄로 얽힌 초록 아이비,
다만,
조금씩 확장할 뿐이다

슬픔 아니면 갈 수 없는 곳에
너무 많이 갔었다고
오베르쉬르와즈 교회 아직 기도 중이다

그림 속 까마귀 여섯 마리 날아 나와

들판을 키우는 침묵의 무게를 달아 본다
까만 깃털로 초록 들판 한 번 더 그려준다

흰 웃음이,
등에 하늘 업고
아몬드 한 그루에 와 가득 달려 있다

오랜 과거라도,
한 번씩 더 돋아나 보라고
봄이 틈을 조금 더 내 주고 있다

몰려다니던 사람들,
아이리스꽃 빛 생각 얼굴에
압생트 한 잔씩 발라주고 있다

중얼거리는
익명의 목소리가,

바람의 종을 치고 있다

# 시간에 붙어 있는 이끼를 떼다


삶은 기울기에 얹히는 각도

아유타 허황후, 가락국에 기울어
파사탑婆娑塔 파도 눌러
가락국 수로 만나

신화 말 미래 가면
귀는 더욱 과거로 가

이야기가 묻고
대답이 질문한다

허공엔; '바람문자文字'...

세상 모든,

모름보다 말의 부피 커올라

이야기의 산종散種, 의미와 무의미

시간의 채색,
사라짐의 나타남

텅 빔은 신성의 땅
산 낮아 하늘 깊어

구지봉 마음 통화,
하늘 말에,
사람 노래

기억을 닦아 내,
망각을 망각해

시간에 붙어 있던 이끼를 떼어 내-,

화들짝 ,
놀라 듣는
가락국 그 목소리

# 0도의 흐름

하늘이 납작 엎드린다
비가 온다

수직을 지우자
수평이 뜬다
0도의 흐름이 핀다

떠돌이의 눈물 꿰매기,
ㅡㅡㅡㅡㅡㅡㅡㅡ눈물 박음질

집시 춤 플라멩꼬
파두 타는 소리

하늘이
땅 부르는
소리 귀걸이

물의 북소리, 허공 중립 떨림
하늘 뿌리내려,

원시 횃불, 물의 눈동자,

무의식 파편, 횡설수설 말 섞임

소리글자 지우는, 무음의 진동

0도가 흐름을 지운다

# 판화전

인산인해
인사동 네거리

찍고 찍혀 나온 생생한 판화 속

박수근 판화전이 판을 벌였다
'빨래하고' '기름 팔고' '집으로 가고'

판화와 판화 사이
구경하는 나도 판화

서로 봐주는
판화와 판화 사이

세상은 거대 상설 판화전
판화가 없을 때도 판화는 있었고
복사기가 없을 때도 복사는 있었다

찍고 찍히고

찍어 걸고,
날마다는 나와
발자국으로라도 찍고

봄날은 더욱 판화의 계절
매화, 라일락, 산수유, 매발톱꽃...

그 미소에 그 향기

탕탕 탕탕
판화 찍는 저 소리

판소리 한 판처럼
가락 나와 춤춘다

# 나를 여는 문

날마다는 '나'를 여는 문

일회용 하루 속
갈수록,
일회용 웃음, 울음, 컵을 즐겨 쓴다

일회용 사랑도 좋아한다?

일회용 태어남도 좋아할까?

일회용 순간,

찰랑 넘치는, 지금은 생것

맛도 모르고
삶을 꿀꺽 삼키지 말자

힘듦도 더 이상 시중들지 말자

슬픔은 긁을수록 주인 행세 가려움

선택은 마음 습관

태초의 배꼽들아, 산, 들, 바다야

어제는 들리지 않는 말

오늘이 고개를 끄떡이자

시간이 주춤거린다

흰 머리카락 나부낀다

'다회용 세상을 설거지한다?'
비가 온다

# 장난감과 생각

장난감을
'잡고'
재밌게 놀던 아기가 갑자기 울기 시작한다

계속 잡고 있기가 너무 힘들어 울고 있다

어떻게
'놓는지' 아직 배우지 못했기 때문이다

어른도 ,
마음의 손이 오래 잡고 있는 슬픔을,
어떻게
'놓는 줄' 몰라,

오래도록 울고 있을 때가 있다

# 책이 달빛을 읽다


어둠을 만들자, 빛이 나와 논다

보름달이 달동네 주민처럼 골목에서 나온다
천 원에 한 권 파는 헌책방에 들어가

'달과 6펜스'를 읽는다

책이 달빛을 읽는다

세화네 그릇 가게
반달 보름달 접시들 구경하자
경아네 조명 가게
초승달 온달 조명 기구 내다 본다

가짜 빛들이 달빛을 조금씩 벗겨낸다

달고기 닮은 생선가게 아저씨의
코골이 잠물결 소리 지나가다
주차장 모퉁이 홀로 싹튼

달맞이꽃에 앉아 한 잎, 두 잎 꽃피어
본다

반은 쓸쓸하고 반은 노랗다*

사람들이,
달로 가는 길을 찾아내고
신비로 가는 길을 잃어버리자

달이
신비로 가는 길을 찾고 있다

신비가 제 자리를 잃었나 보다

순간이,
과거가 되지 않으려, 파르르 떨고 있다

희끄무레 낮달 얼굴 사람들이
가난의 뜰을 비추러 떠오를 때까지

밤은 오래 어두울수록 좋았다



* 백거이 모강음暮江吟 중, 半江瑟瑟半江紅 변용

# 기억의 형용사
— 씨의 집


어제는 나를 따라왔을까

풀처럼 뽑혔을까

시간의 자식으로 커 오르는 내일

꽃 입고 걸어온다

저 봄은 몇 살일까?

봄처럼 생각은 늙지 않고 자란다

기억의 형용사
계속의 몸

입도 생각도 모른다

하루를 찾으면
하루를 잃는

갈등을 먹여 살리는, 마음 하나 지나간다

시간이 뿌리친다, 씨의 집, 공간 쉼터

종로를 걸어가며
종로 닮는 사람들

오늘을 힘껏 짜,
시간 즙을 마신다

# 취한 물

누에같이 흰 몸 폭포
시간 뽕잎 먹다가
물의 실을 뽑는다

물은 세상 담은 그릇

물 한 컵 마시려다
세상 한 컵 마시고

취한 물,
술 마시고
시간 안주 씹는다

해, 달, 봄, 여름, 가을, 겨울,
아이들이,
숨바꼭질 놀이한다

내일을 잉태한 오후가
뚱뚱하게 지나간다

# '챙모자처럼', 지금을 살짝 눌러 쓰다

표정은 얼굴의 얼굴

'물끄럼'하던 한낮이
마림바 리듬에 빠진 빗방울들과
시간의 탱고로 들어간다

비 올까 해 날까 망설이던 하늘
햇살 속에 춤춘다

챙모자처럼 지금을 살짝 눌러 쓴다

악기를 떠나면서
음악이 되는
바이올린 소리처럼

해 따라 비 따라 흐르던 하루가
노을 현에 울려 퍼지는 교향곡이 된다

황혼 속,

작은 개미가
큰 짐을 나르며 비틀댄다

짐이 아니라 목숨을 나르는 거다

# 사람이라는 곳으로 가 보다

오월,
줄장미가 줄지어
꽃이라는 곳으로
가 보고 있다

해마다 가도 아직 다 못 간 모양이다

담에서 벽으로
끝없는 행렬

길에서 길로,
사람들 줄지어
사람이라는 곳으로
가 보고 있다

목숨은
다,
붉은 장미

다만, 가 보는 곳이다

# 시계처럼 눈뜨다

목숨의 열쇠로
세상 짤깍 열어 본다

있음과 없음 ,
두 대의 악기가 연주하는 풍경,
연풍 풍락헌*이 섬으로 떴다

시간 농담弄談,
꽃이 피고 진다

지는 붓꽃 잎이
사라짐을 그린다

그리다
지우다
사라진 김홍도다

길 가,
뽑힌 풀꽃이 허공에 깊이 뿌리내린다

초록 보리밭 속,
내일의 눈,
씨가 ,
시계처럼 눈뜨고 있디


* 조선시대 연풍현의 동헌, 단원 김홍도가 연풍에서 현감을 했다.

# 오캔, 넷캔, 꿈캔

화가의 꿈에 중국 황자皇子가 나타났다
모란꽃 속에
그녀가 황자의 의자를 그렸다

꿈의 눈높이에 그림을 걸자
쌕쌕대며 쿨쿨대며
그림이 꿈속으로 들어갔다

그림 속에 의자가 있다
앉기 좋은 높이에 걸어 두었다
앉는 척 사람들이 사진을 찍자
사람이 그림 속 의자에 앉아 있다

그림 속으로 들어간다
스푼펜 오켄
바림 버닝처럼

한 번 찍으면
꿈에 앉고

한 번 찍으면
그림에 앉는다

찍고 찍히며
오캔 넷캔
꿈캔한다

꿈 그림 사진 사람들 나와,
몸짓말로
끝없이
울려 넘친다

# 2부

마법의 문자, 펜 아래 흐르는 강물

# 세상 부스러기 조금 맛보다

접시 같은 하늘,
날아가던 새가 거기 담긴
구름 한 점 먹고 간다

나도 누가 주는지 모르는
세상 부스러기 조금 맛본다

사는 건 모름에 젖기라는 건가
모르는 곳으로부터 이슬비가 내린다

집 밖에 나와 담배 피우는 남자와
지붕 밖에 뽑혀 나와 담배 피우는
굴뚝 골초 나란하다

산동네 사람들 발로 연주하는
파이프오르간 언덕길
아침이 따고 저녁이 잃는
시간 물결 떠내려온 껍질섬 순례길

몰라서 남 같은 나
알아서 나 같은 남
가끔은 저마저도 멀어지는 세상

지금을 지나가는 조각보
들여다보다 달려가다 오후로 우회전하는 생각 교차로,
잎이 지니 가을이 핀다
오랜 풍습, 지구를 입고 바람으로 세탁한다

# 바텐더가 있는 풍경

바텐더가 섞임의 춤을 춘다

화가가 섞은 색이 그림 속에 웃고 있다

섞인 음들이 음악 속으로 걸어 들어간다

낮이 밤으로 들어간 저녁이
출입문이 여닫힐 때마다
안팎을 드나든다

서로 드나드는 시간
사랑을 만드는
여자와 남자가
웃음 속에 들어가 섞이고 있다

넘친 술이 볼 위의 빨강으로 번지고 있다

# 황혼과 바이올린 소리 사이로

크로아티아와 세르비아 경계
판노니아 평원이 새로운 판을 짠다

산이 나와 길을 내고 길을 막고
산은 언제나 가장 큰길의 주인

무슨 볼일 보고 가나?
도나우강이
황혼과 바이올린 소리 사이로
도시를 빠져나간다

사라지지 않으려 사라지는 하루가
게으른 생각처럼 산허리를 넘는다

누군가
살짝 건드려 놓은 대왕조개처럼
하루가 문을 닫고 있다

# 앞으로만 그어대는 직선

잠에 가위눌려 잠을 가위질했나
구름 속에 물잠 자다 깨어난 눈인가
무얼 보려고 색을 다 빼버린
흰 눈 뜨고 오는가

나무가 잎을 키워 두지 않으면
가을날
무얼 버리고 살아가겠는가

하늘이
눈[雪]을 키워 두지 않으면
겨울날
무얼 버리고 살아가겠는가

사람은 또 무슨 잎을 키워,
버리고,
살아가야 하는가?

사는 건 앞으로만 그어대는 직선

모르는 이가,
낙엽 쓸 듯
눈을 쓸고 있다

# 허공에 싹트는 먼지
— 구두 닦는 남자

한 남자가 구두를 닦는다
땀방울이
구두에 바르는 약보다
더 많이 봄에 발린다

구두에 앉았던 먼지가
허공에 날아올라 싹트고 있다
하루의 꿈도 조금씩 싹튼다

구두를 닦을 때마다 복더위 가난이 닦여나가고
구두들이 윤날수록 그의 삶도 조금씩 윤나고 있다

어떤 구두는 닦아도 닦아도 푸석하다
구두를 닦는 남자의 얼굴처럼

# 바다의 하루

바다는 소금에 절여야
생생해지는 목숨들의 집
억만년 시간도 잘 절인 등 푸른 생것

마을버스 같은 순환의 뱃길

가도 각흘도 지도 울도...

지루함을 깔고 앉아 울던 아이는
울도에 오자, 울음 뚝 그치고
몸지느러미 흔들며 헤엄쳐 내리고

사나운 물고기처럼 마스크 물린 사람들은
흔들리는 배 따라 파도에 낚이는 물고기,
파그닥거리다 스르르 놓인다

배에서 빠져나온 사람들
굴업도의 새로운 길처럼
풍경 속으로 사라져 가고

바다에 길 놓던 배
길에서 빠져나와
파도 너머로 사라진다

다시,
무성해지는 태곳적 침묵이
모래밭에 빠뜨린 제 길을 찾는다

# 눈물 속에 흐르는 바다

물은 꼭꼭 눌러 담지 않는다

흘려보낸다

물이 하늘 그릇에 넘쳐 비로 흐른다

계곡에서 강으로 바다로 흘려보낸다

슬픔도 마음에 넘치면 눈물로 흐른다

강에서 바다로 넘친 물이 눈물 속에 넘친다

한 방울 눈물 속엔 강이 흐르고

바다도 함께 출렁거린다

# 나무들도 흔들릴 때 사랑한다

가지는 길
잎은 행인

행인이 없으면
길도
그의 길을 갈 수 없다

나무 아래 앉으면
들려오는 잎들 얘기
가끔 내게도 말 걸어 온다

해가 햇살 벋어 내 뺨에 입 맞추듯
바람 부는 날은
나무들도
보이지 않는 흔들림의 가지 뻗어
마음 맞춤한다

사람들이 마음 흔들려 사랑하듯
나무들도 흔들릴 때 사랑한다

# 손잡이

세상은 익명의 섬

이름은
쉽게 들고 다니며 쓰기 위한
손잡이

중고 그릇 가게
아직 쓸만한 냄비들이 깨끗이 씻기고 있다
새로 살림을 차리러 갈 모양이다

직함을 잃고 나온 남자 두어 명
손잡이 떨어진 냄비들처럼
우두커니 구경하고 있다

# 노동에 빠져야 삶을 건지는 사람들

노동에 빠져야 삶을 건지는 사람들

사는 건 눈물겨운 웃음
섞임을 딛고 홀로 선다

나도 내가 만든 내 것이 아니다
날마다
남이 만든 나를 내 것처럼 쓴다

사람들은 걸어다니는 유성
날마다
보이지 않는 시간에서 공간까지 가서 산다

사랑하다가 사랑해지고
쓰다가 써지고
듣다가 들리는
절대 능동으로 절대 수동을 만든다

길에서 만난 조약돌을 흔들어 보자

먼 바다에서 들려오는
파도 소리가 났다

# 영화가 사람을 보다


텅 빈 영화관
관객 네댓
빈 공간이 외계인처럼 앉아 있다

스크린에서 나온 영화가 관객을 구경한다

사람 하나가 영화 하나라고
스스로 감독하고 연기하는

사람들이 웃자 영화도 따라 웃고
영화가 울자
사람들도 따라 울고

엉긴 하루를 빗겨주려고
빗살 비가 내린다

우산은 안 쓰고
마스크만 눌러 쓴
한 남자가 지나가고 있다

# 감자를 깎다가 우주를 깎다


감자를 깎다가
우주를 깎았다

화성 씨눈이
목성 씨눈이
씨눈 하나가 별 하나다

감자는 땅속에서
우주를 만들어 왔다

둥근 우주에
씨눈이 별들
씨눈이 목숨들

감자를 깔 때마다
하나씩 열려오는
별들의 성문

와르르 별들의 함성이 들려온다

# 웃음 하나 불러 타고

붉은 칸나 꽃밭 속 자카르타 사람들
오토바이 타고 도시를 연주하네
나도 웃음 하나 불러 타고 나를 연주하네

미소 짓기는 삶 짓기
밥 짓듯 미소를 지어야지

자주 피는 꽃처럼 자주 웃어
춤추는 몸처럼 웃는 몸이 되네

짜증에게 삶의 즙을 짜주지 말아야지

이유 없이 웃으면
이유 없이 행복해

# 미소를 들고 돌을 깎았다
— 보로부두루*


미소를 들고 돌을 깎았다

돌은 한 번 웃으면 그칠 수 없다

낙원을 달고 다니는
꽃들의 후손 같은 열대 얼굴들

시간은 둘러싼 병풍
밀림은 식물로 짠 그물
그 속에 잠겨 들어 시간 물결 세며
진줏빛 상처로 아우라를 그렸다
저물지 않는 태양으로
하늘 풍경風景 치고
사람들 마음 열어
새 맘 길 열어 준다

어디든 지나가러 온 지구인들은
신성한 기적 너멀 지나가 보고 싶어
저마다의 까치발을 띄워 보고 있다

* 인도네시아의 불교 사원, 세계문화유산

# 목숨엔 눈물도 모르는 슬픔이 있다

꽃이 진다
비워야 봐줄 수 있는 거울처럼
꽃을 지우고 있다

새 꽃을 보여 주려고
바람이 닦아 주고 있다

꽃 지고 남은 줄기를
손거울처럼 집아본다
허공 거울이다

목숨엔
눈물도 모르는
슬픔이 있다

# 해풍이 혀를 내어 핥아 주고 갔다

바닷가 횟집

회 한 점
풍경 한 점
시 한 점

자연산 회 같은
자연산 시 한 점

히말라야 표범 같은
야생 시가
언뜻언뜻 보인다

해풍이 혀를 내어 핥아 주고 갔다
새끼를 갓 낳은
어미 소처럼

# 집 나갈 집도 없다

불볕더위,
땅도
나무들을 힘껏 손에 쥐고
부채질한다

시간마저도
귀족 시간만 골라 쓴다는
사람들 따라 법이 사는 세상

간도 쓸개도 있다 없다 해야 사는 사람들이
돌림 노래처럼 오늘을 부른다

그냥
숨소리나 쓰고 살라고
일벌처럼
꿀이나 자꾸 만들라고
외쳐대는 큰 목소리

꿀벌들도

홧김에 집 나간다는데

집 나갈
집도 없다

# 오늘 흘린 시간

오늘 흘린 시간이 사라지고 있다
싸락눈이 하루를 쓸어낸다

노을이 불춤을 춘다

불경기에 시달리다 술집을 마셔버린 술들이
나와 흔들거리고 있다

소금 같은 흰 머리로 청춘을 절인 여자가
눈물 많은 나라의 왕비처럼 혼자 울고 있다

표정나무,
사람들 지나가고
발자국은
삶의 비밀을 쓴다

닳아빠진 미소를 간판으로 내건
카페 아가씨 얼굴 너머로
사람들이 자주 써 주지 않아 외로운 말들이

그림자처럼 지나간다

밤이 어둠 열자
사람들 잠 속에선
꿈이 떠오르고 있다

방랑에 잡힌 랭보의 꿈처럼
그물 속 생선으로 팔딱이고 있다

# 몰아의 방향

시간에 물린 뱀이 찔레꽃 숲에 껍질 벗고 가자

찔레꽃도 흰꽃 피워 허물 벗고 가고

태양도 햇살 피워 허물 벗고 갔다

# 다가의 노래

따라!
지금을
장밋빛 와인처럼

주머니 속 동전처럼 헤매다니다가

회오리바람으로 부는 후회를 바라보다가

이슬비와 함께 내리다가
슬픔은 삶에 내리는 이슬비라 생각하다가

멈추지 않는 바람은 없다고 생각하다가
슬픔도 그렇다고 생각하다가

본능은 삶을 가장 잘 데리고 간다고
뭘 하면서 뭘 하는지 모르다가
어디로 가는지 몰라 잘 가고 있다가

인연은 우릴 키우는 어머니라고 생각하다가

숨결을 풍선처럼 타고 다니다가

그림자를 자꾸 따라다니다가

옛날의 무성한 소문, 전설을 듣다가

살진 여인처럼 뒤뚱대는 역사를 구경하다가

소리 나그네, 말들을 따라다니다가

벌이 꽃에서 훔쳐 온 꿀을
훔쳐 가는 사람을 구경하다가
꽃 같던 사람들은 누가 다 훔쳐 갔나 생각하다가

장미가 향기 찍어 나비에게 쓰는 편지를 읽어 주다가

주머니 속 동전도 써야 물건을 가져오듯
써야 시를 가져온다고 시를 쓰다가

삶은 반복의 것이라고
한 가지 몸짓으로 오고 가다가

나무가 새 옷을 입을 때
마음도 한 벌 갈아입힐까 생각하다가

가을날 나무들은 잎을 떨구는데
사람들은 그들의 가을날
아직도 돈을 모은다고 생각하다가

오늘 아침,
수탉은 아침이 오라고 울지 않았다
예쁜 암탉이 오라고 울었다고 생각하다가

바닷가 황혼 산기슭 추억 구름...
모든 난간은 아름답다고 생각하다가

세상 거울에 비춰 보려고 새싹들은 자꾸 나온다고 생각하

다가

삶은 끝없는 배고픔
먹어도 이내 배고픈 나는 누군가 생각하다가

따라!
웃음을
한 잔 와인처럼

# 말의 하늘에 오로라가 뜬다

눈 내려,
하늘과 땅이 눈인사한다

바람 속에서
원시의 입술이 피리를 분다

뜰 앞 나무는 은하수에 드리운 낚시

우아한 백조,
백지의 날개 위에 시를 쓴다

말의 하늘에 오로라가 뜬다

지나가던 별빛이 시에 들어와 춤추다 간다

밤이면 아주 작아지는 우주
내 곁에 앉아 놀고 있다

# 산 할미 사설

깊은 산 깊은 골
산 깊어 마음 깊어
광활을 키워 걸고
자부자부 그 자부
시간의 토지 깔깔 딸따라 붐붐
발인가 손인가
딛고 만져 보았겠다

돌돌 말린 돌이 몸 굴려 맘 굴려 살 듯
흘러 굴러 지굴러, 자굴러 굴러 살았었지
꿈 꼴깍 삼키고 무섭게 살았었지
나날이 달아나는 시간 따끔 침 맞고
나달이 지나가는 나이 쪼끔 정 쪼끔

추위가 맵다 맵다 봄이 깨어나오면
닳고 닳은 앞치마에 봄을 받아 안았지

고생이 양식인 양 굶고 먹고 살았지
송사리 떼들 모양 무리 지어 다니면서

산에 산나물, 들에 들나물 캐
따라 따라 딸따라 지그보그 자그보그

차차 봄 차올라 봄꽃 술렁 일렁일 때
벌떼들 떼지어 날아, 산 들 꽃여자 다 따갈 때
봄바람에 맘 바람이 나들고 노들고 한다 해도
그냥인 듯 마주 보다 웃기에다 모른 체했지

다 지고 난 꽃처럼 시들버들 하다가
할미꽃 예 저기 핀 듯 만 듯하였다네

# 3부

일상의 아리아, 비밀의 향기, 너였는가 나였는가 그리움인가

# 태초를 낳는 아낙


어디로 가는지 모르는
종소리가 바닷가를 지나간다

빗방울 하나 속으로
거대한 바다가 빠져든다
순간에 영원도 빠져든다
조가비들과 갈매기들이 시간의 틈새를 여닫는다
안개의 혀가 까마득한 옛날도 지금이었다 말하자
생각이 거울을 본다

바람이
태초太初를 낳는 아낙처럼 울고 있다

# 습관이 발자국이다


삶은 시간에 뜨는 무지개
열기구처럼 떠오르는 태양
아침을 물고 날아오르는 새
수면 위로 뛰어오르며 물옷 벗는
물고기 몸매
쟁쟁한 솜씨로 기어올라
허공을 잡고 흔드는 담쟁이

사람들은 신비를 신처럼 신고 다닌다
습관이 발자국이다
시간이 만나러 다가오고
공간이 안아 주려 오고 있다

시간에 갇혀 살던 사람들이
카페로 뻗어나가
하루의 가지에 앉아 본다
지금은 시간이 깔아 놓은 카펫
추상을 구상으로 번역하는 삶

# 한마디 말처럼


하늘과 땅은 영원의 입술
거기,
한마디 말처럼 우리는 산다

누구의 손에 끼웠는지
모르고 사는 반지처럼
세상에 끼워 사는 사람들

오늘은
어디 있는지 몰라
그냥 서 있는 곳
손으론 손자국 판화
발로는 발자국 판화

삶은 허공에서 길 찾기
새들은 안다
허공이 영원이라는 걸
사는 건 경계가 경계를 허무는 것

목숨은 갈수록 쌀쌀한 남
그들이 쓴 시간이 그들을 버린다

벚꽃이 벗하는 봄날
산 같은 빌딩
계곡 같은 골목
물 같은 사람들

사람들은 낯섦이 닳아
익숙해질까 봐 아껴 쓰고 있다
입에 드나드는 천사
웃음 하나 꺼내 본다

# 상처


땅의 상처,
길 없이는
몸이 머리 갈 수 없듯

상처 없는 마음도
멀리 갈 수 없다

# 오늘

오늘은
어제에서
오는 게 아니다

그 어느 옛날이
보낸
추억처럼 온다

추억은
떠나도
거기 산다

# 광장에서 들린 말
— 제마알프나 광장*

1.
여행의 종려나무처럼 시간에 나부껴요
피동의 몸처럼 여기 서 있어요
순간을 잡고 영원을 춤춰요

삶이여 비밀 많은 날들이여
수평 위에 놓인 수직 같은 역사여
누군가의 눈썹처럼 사람들 향기에 찡긋하는 광장

삶은
순간을 쓰고 지우는 펜과 지우개
그건 말 없는 신비의 광장
오늘도 빈 그림 그냥을 그리는

2.
나 또한 너처럼 비어 있는 광장
시간이 자주 들러 놀다가 가는
아무리 채워도 끝내는 비어 있는

광장은 너무나 빈 곳의 찬 곳
삶을 두들기는 북소리의 악보
빈 곳에 서 있으면
가득한 말 들린다

갈등의 신인가
순간이 지나간다
혀처럼 말하는 광장 바람 속
마차의 지나감이 나를 찍는다

광장은 삶을 쓴 아주 작은 쪽지
누구나 한 번씩 와
읽어 보고 가는
순간만 새것이고 모든 것은 헌것
다가오는 미래도 더욱더 헌 것

삶에 넣으면 모든 것은 샌다
존재는 언제나 모름 속 무궁화
휘파람 두른 푸르른 입

자꾸만 지는
발자국 낙엽


* 모로코 마라케시의 광장

# 일상의 아리아


삶의 소음은 신성의 목소리
가장 살아 있는 삶의 몸뚱이
일상의 노래, 소음 한 떼가
새떼보다 빠르게 어디론가 날아간다
웃음으로 넘치는 샘물
연인들이 오늘 위를 춤추며 걸어간다

골목 한쪽이
벗었다 입히는 옷처럼
다시 사람들로 가득해진다

꽃들은 쉼 없이 웃어주려고
꽃잎 한쪽에 웃음을 쓰윽 발라두고 있다
말들이 사람들 입가로 달려가 다시 또
구름처럼 피어나고 있다

오랜 빈손처럼
신의 말은 고요하다

# 나무


날마다 하늘을 여는 열쇠
키로 문을 연다

# 은하수


은하수는 별들의 산책로

# 발자국


발을 따라간
발자국은 없다

무한으로 가는
삶을 따라간
사람도 없다

# 지금만큼 못 넘을 산

슬픔에 지친 사람들 모여
지금만큼 못 넘을 산 없다고 하네

저마다 가지고 온 슬픔으로
자꾸만 높아가는 산

크르니카라*

고통으로 불 밝힌 눈
보이지 않는 그 너머
기도로 듣는 그 말씀

* 보스니아 헤르체고비나의 성모 발현 지역으로 알려진 야트막한 산

# 나뭇잎

나뭇잎은 미풍에도 떨린다
순간을
아! 하는 감동으로 맞으라고

세상에서 가장 설레는 건 지금

# 쌀쌀한 날씨로 쌀을 씻는다

쌀쌀한 날씨로 쌀을 씻는다
하루를 밥하기 위해

시간을 줄넘기하는 놀이의 살기
혼자 먹는 밥처럼
혼자 하는 말

순간을 접는 천 마리 학이 되는가
모든 목숨은 싸게 팔린다
시간을 말아쥔 허무의 힘
시간이 상인이다
시간이여 시시각각의 간이역이여

쪼개도 쪼개도 하나 되는 시간의 혈통
침을 뱉어라 시간을 바꿀 수 없는
헛손질의 지금에
시간의 지평선 자유로 헤엄치는 물고기처럼
시간의 뼈를 부수라 부수고 만드는 차라리의
깃발이여

기쁨말랭이라도 먹고 침묵을 설거지하라

노래를 바람의 휘파람을 불어라

시간이여 낙엽에 부는 휘파람이여

살캉거리는 삶을 삶아 먹고

알도 없는 알 낳기의 빈 것

단맛 쓴맛 하는 하루를 기억으로 환산하는가

발가벗은 갈망이여 발그레한 부끄러움이여

쏠뱅이의 쏠쏠거리는 말을 씹는가

씹을 것 없는 빈 입처럼 쉬고 또 쉬는가


어둠으로 꾸민

별도

달도

배고픈가 보다

손잡이 없는 숟가락

달이 구름을 퍼먹고 있다

# 시간의 비늘

사라진 어제를 용서하라
생각이도 어제는 잊으려 하지 않는가?

사는 건 예절 바른 숨바꼭질 놀이

설 자리도
앉을 자리도 없다
다만 흐를 자리만 있을 뿐이다

그 옛날
물이 잃어버린 도착을 찾으려고
강물도 끝없이 흘러가고 있다

# 따뜻한 지금

커피를 마시는 게 아니라
따뜻한 지금을 마시네

순간의 눈동자로 휘파람 부는 하루
싹보다 싹싹한 햇살 돋아나네
우울한 나를 흉내내던 비 사라졌네

누군가의 얼굴에 나와 소리내던 웃음 사라졌네
누가 누구의 누구라 하는가
누구도 없는 누구들의 한 세상

꽃들은 불안해서 더 예쁘게 피네
벚꽃이 오래 나가 살다 온 바람둥이처럼
며칠만 벚나무에 와 피다가
바람 속에 또 바람나 날아가네
벚꽃이 살구나무나 복숭아나무에 가
피지 않는 게 다행이라 생각하네

모르는 사람들은 모르면서 있고

아는 사람은 알면서 없네

봄날이 허무에다 꽃 피우네
봄날인가 거짓말인가
가을보다 더 많이 지는 봄

사람들
풀들이나 나무들처럼 피어 있네
먼저 온 시간이
나중 온 시간을 따라다니네

# 노예

심술궂은 사람들은
심술을 쓰다가
심술의 노예가 된다

마음엔 오래된 노예제도가 있다

# 사랑하고 흐르고

새는
날아가는 순간을 잡기 위해 날고

물은
흐르는 순간을 잡기 위해 흐르고

사람은
사라지는 순간을 잡기 위해 사랑한다

# 절

절만 절이 아니다
마음 절절한 곳
그곳이 절이다

# 수종사

봄날
복사꽃이 보낸
옷 한 벌 입고 수종사 간다

강물은 멀리 흘러가고
풍경은 다 수종사로 흘러온다

물 풍경이 마음을 치고 있다
물의 종을 울리고 있다

# 우연의 목소리

우연의 목소리로 만든 샌드위치
일 년을 이고 사는 날짜들의 행렬

시간의 장마 떠내려가고
붉은 수탉 가을 낙엽
거대한 지우개 존재의 순종
귀먹은 차가움 망각의 눈동자
채색수집가 하늘을 잡고 있는 무지개

달콤한 사탕
하루를 입에 넣고
야생 반딧불 사과꽃처럼
손짓을 달아 놓은 깃발
나무의 머리카락
말을 듣는가 입을 듣는가

저 깊은 텅 빈 가득함을 보는가
기억의 술을 마시는가
골골이 골목인 도시의 호랑이, 오토바이

으르렁거린다
밤의 비로 쓸어 낸 저녁
좀처럼 낯설어지지 않는 일상
익숙한 것으로 구겨진 하루
본 것과 못 본 것을 칵테일하고

가출한 어제가 희뿌연 눈발 녹이고
옛날을 말린 시래기 같은 순간들을
삶아 마시고 손마다 손인 그리운 너였던 너
행복으로 기억한다

물을 부어 불을 끄고
불을 부어 물을 끈다

빈 공간에서 더 키운 목소리처럼
뜨거운 욕망을 다시 켜는

# 새벽 시장*

새벽보다 먼저 깬 사람들
가난해도 누구나 새벽은 있어
혼자 가도 여럿인 새벽 시장 간다

파는 기쁨과 사는 기쁨이 키 재기하다
손잡고 물건 따라 빙빙 도는 원무 속
싼 물건값에
비싼 행복이 팔려 가고 있다

비교하지 말라
새벽 시장에선
가난함과 부유함은 한 가지에 핀 꽃


* 중국의 새벽 시장

124

# 4부

십일월의 눈동자, 신이 걸어 주는 전화

# 산국화 피어 있는 길

길도 너무 예쁘면 길이 아니다
갈 수 없게 한다

산국화 피어 있는 길

길에서도 나는 갈 수 없었다
오래도록 서 있다가
나도 그냥 길이 되었다

# 막다른 길

강에겐
흐르는 것이 막다른 길이다
멈출 수 없는 길도
막힌 길이다

# 물방울 시야

덕적도 서포리
어느 별로 가는 바닷길인가?

나는 앞으로 걷기만 따라다니고
작은 게는 옆으로 걷기만 따라다닌다
나는 세로 세상
게는 가로 세상에 사나 보다
잔물결에도 할딱 뒤집히고 마는
작은 게에 얹힌 삶이
자주 바다에 빠지곤 한다
파도 속에서 망설임이
자주 뒷걸음질 치고 있다

바다가 물결실로 해변을
동그랗게 잘라 에돌아 흐른다
목숨이 하는 시간의 섬 놀이가
황홀에 깊이 빠지고 있다

바다도 이길 것 같은 횟집 아줌마의

두꺼비 같은 미소가
여린 슬픔 따윈 뚝 끊어 버린다
뱀처럼 빈집으로 기어들어가며 사는
하늘타리의 질긴 몸짓이 쉼터로 가는
빈집의 길을 닦아 주고 있다
숨어 사는 여인처럼 기다림 기르는
주말 집 코스모스의 잘록한 허리가
외로움에 딱 꺾일 듯하다

저녁 햇살이 파도 살결에 올라가
가을 감처럼 익어갈 때
내 물방울 시야는
도시 속으로 끝없이 범람하고 있다

# 길

길은 공간을 여는 열쇠

# 혼잣말

혼잣말했네

누구랑 말했나?

공기 속에 사는
사람들이 해 놓은 말들이 말 걸었나?

그들도 꽤나 외로웠나 보다

# 도서관 풍경


혼자 태어나
외롭다고 칭얼대는 사람들
지금,
책들이
한 사람씩 맡아
봐주고 있다
책들은 베이비시터
칭얼대던 사람들 조용하다

우리는 혼자 태어났으므로
사랑할 수도
이별할 수도 있다

# 지구 타기

온종일
코끼리를 타고
낙타를 타고
바다를 탔다

그 저녁
슬그머니
날마다 지구를 타고 노는 게
고마워졌다

# 나무와 새

나무가 새의 그네인가 했더니
날아간 새가
나무의 그네였네

# 나무는

더울수록 옷을 입고

추울수록 옷을 벗네

# 눈꽃

눈도
나무에
내려야만 꽃이 된다

# 기미

내가 해변을 거닐 때
태양이 나를 거닐었구나
얼굴 위의 태양 발자국
기미

# 거울의 사상

거울은 망각의 천재

보이지 않으면
바로 잊는

# 시는

가끔씩
신들이 지상으로 걸어 주는 전화

# 빗자루 명상

나무는 거꾸로 선 빗자루
오늘도
하루 종일
허공을 쓸고 있다

# 트로이의 목마


이른 아침
자동차들이 은밀하게
도시로 잠입한다

하루와 싸울 병정들을 태우고

# 눈 내리는 밤

하늘에선
겨울이 봄인가 보다

얼마나 많은 꽃이 피어 있으면
이렇게 많은 꽃이 지고 있을까?

# 귀걸이

왕비가 주인인가 했더니
귀걸이가 왕비의 주인이네

오래 살아야 주인이네

# 신이 타는 자동차

자동차는
어디로 가는지도 모르면서 달린다
우리도 신이 타는 자동차

# 강화 기행

강화 바다에 갔었다
안으로 잠긴 갯벌
열쇠 구멍만 가득했다

집에 온 나도
열쇠 구멍으로 들어와
꽃게처럼 앉아 본다

# 만추

슬픔 없이 우는 배우처럼
낙엽이 슬픔 없이 지고 있다

# 5부

낯선 신을 찾아서, 미래 사냥

# 스핑크스 눈빛 마주치다

허수아비로 혼자 서 있네
역사를 추수한 빈 들판에
누더기 돌옷 꿰매 입고
무엇을 지키는가 너 스핑크스여
나일강보다 더 많이
기원의 전과 후를 범람하면서
시간의 강물은 넘쳐흐르고
잡초보다 더 무성한 모래알 사이에서

과거로 가는 이정표
너 영원토록 거기 서 있어도
우리에게 돌아갈 과거가 없다
우리들의 고향은 떠나온 시간의 그곳

오늘도 그곳이 그립다 스핑크스

# 베네치아

홍수가 놀이네 베네치아
목마른 휴식에 홍수 나네
새 얼굴 만들고
새로 한번 놀라고
가면이 새 얼굴 파네
유리가 즐비하네
잘 깨지는 유리로
아픈 현재 깨라 하네

와도 다시 가고
가도 다시 오는
원형의 길목이네

비둘기 가득 날아
깃털 같은 날들이네
물 위에 걸린 다리
아취로 물 건너가네
우아한 몸뚱이 사이로
수줍음 많은 행복 얼굴 잠깐 얼굴 내미네

잘난 곤돌라 어깨 움찔하네

# 라스베이거스

밤이 낮보다 밝아
낭비도 절약인 라스베이거스
습관과 전통과 예의의
이빨들을 뽑아 버리는
힘센 핀셋

매 순간
잃어버리기만 하는 목숨의 도박도
여기선 가끔씩 딸 것만 같아
꿀 바른 묘약

참의
반대편 참을
힘껏 당기면서
밤과 낮을
밤새워 바꾸는데
야수파 색채
조명탈 쓴
마음이 광대로 분장하고

시간의 덫을 빠져나오네
영원을 태우는 불씨,
시간도 조명에 붉게 타네
타면서 다시 조명이 되네

# 캐리비안 카니발


저녁이 포도주로 흐른다
석양을 붉게 마셔 파도가 취한다
카리브해 깐꾼*은 곡선의 뱀신
신성 요염


　여기는 핫튜스데이 데코레이션 포인트 브래지어 팬티는
해풍에 펄럭이다 깃발이 된다 본래의 그와 그, 그녀와 그녀
사이엔 다들 틈이 생겼다
　-오! 마카레나!-가 노를 젓는다 춤과 노래가 여자의
섬**에 간다 살결 고운 여자의 섬 은달빛 꽃이 되고 사람들
웡웡대며 꿀 따는 벌들


방부제 아닌 방부제
영원을 저장한 순환의 저장고
이익도 손해도 없는 완벽한 유통구조
물과 공기와 바람 속에서
마야와 아즈텍이
잡음처럼 들려온다

밤이, 내가 포도주로 흐른다

* 멕시코의 관광 명소
** 깐꾼의 아름다운 섬

# 앙크로와트

옛날의 기도가
여기 모두 모여
과거를 새로 피 돌게 했구나
놀라운 손길
바위의 영원 위에 놓고 갔구나

돌이 된 부처와
부처 된 돌이 서로 마주 보며 침묵하고
바람 혀에 감겨 쓰러진 돌탑이
기어오른 코르크나무 꼭대기에서 다시 탑이 되는구나

기억의 육체를 깨는
망각의 밀림이 미래의 호흡을
삼킬지라도
눈을 단련하는 빛나는 형체로
여기 오래도록 남겠네

되돌아오지 않는 시간이
벗어 놓고 간
저 찬란한 한 벌의 옷

# 하롱베이

밤의 낭떠러지에서 새벽이 오고 있네
풍경이 수수께끼를 만들고 있네
바다를 산에 엎지르고 산을 바다에 엎질렀나
내 마음도 여기 엎지르고 말겠네

물 봉우리 산 물결에
마음 물결 물렁이네

한 마리 생선 같은 하루가
온종일 울렁이네 하롱베이

풍경의 그네 탄 내가
시간결 따라 흔들리고 있네

# 하루가 우릴 위해 시중드는데
— 밀포드 사운드


우울한 영혼들아
하루가 또 우릴 위해 기꺼이 시중드는데
기적이 만들었나
풍경이 놀랍구나

너 내게
풍경의 독을 먹이는구나
안개 뚫고 내려온
하늘폭포가
서 있는 물의 향기 뿌리는구나
태양의 심장이
목숨의 춤을 춘다
시간이 비틀거리며 지나가고
풍경이 요염한 신비를 연다

부어라 마셔라 우울한 영혼들아
하루가 또 우릴 위해 시중드는데

# 시계

시계는 시간의 물레방아
시간을 물처럼 걸어 흐르게 한다

# 흔들리지 않는 법칙

놀이터 한쪽,
이스트 같은
나이를 먹고
자라나는 아이들이
그네를 탄다

한 번 오면
한 번 가고

...............

거듭 오는 것도 없고
거듭 가는 것도 없다

시계추 된 아이를 보며
시간을 만져 본다
그네 속 아이는
오고 가는
법칙을 타고 논다

흔들리는 그네는
흔들리지 않는 법칙을
태워 주고 있다

# 새벽

잠 대신 불면이 새벽을 낭비하고
내 귀는 소리들의 과녁
보이지 않는 것들의 발자국이
내 귀를 쏜다
물체의 말이 정신의 촉각을 만지고
비밀의 처소를 노크한다
콜럼버스도 누구도 발견하지 못한 그곳엔
어떤 원주민도 살지 않는다
떠도는 자들의 것이기에
유랑민들만 살다가 떠날 뿐이다
목숨의 소리들이 생각의 세포를 두들겨도
만나는 것은 오직 메아리뿐

밤을 다 써버린 새벽이
빈 지갑처럼 훤하게 열려 있다
세탁이란 글자가 날개를 탄다
세탁소 사람들은 때를 벗기면서 때를 입는 사람들
옷을 빨아 입듯 생각을 빨아 입고 싶다
탄생의 전 단계는 세탁의 시간

갓 태어난 아이들은 늘상
뽀얀 빨래였다

어둠 속에서 소음범행을 저질러댄 물체들을
태양 후레쉬가 찍고 있다
잘 발달된 근육의 손이
역사의 문을 열고 있다

# 더 템플바*

술은
삶의 아픔을 잠재우는
흔들의자

취함은
피안의 신기루
잔 속의 에덴

고뇌는
최상의 안주

템플이라지만
부처와 예수의 집이 아니다
바쿠스 신이
일천팔백사십 년부터
쉬지 않고 세례하듯
독한 흑맥주를 따르는 곳
맥주를 성수로 받아 마시고
가수가 설교하고

기타가 불경을 왼다
성지를 순례하듯
사람들은 모여들고
기도가 술이며
술이 기도다

거품에 돛 달고
혼돈의 섬에 간다
잔 속의 에덴에
피안의 신기루가 뜬다

* 아일랜드 더블린에 있는 바, 제임스 조이스(J Joyce) 소설의 율리시즈에
  나오는 술집 장면이 연상되는 곳

# 물음표의 거처

10월 28일은 거래하고 있다
가을 가면으로 된 절정의 깃발을 펄럭이면서

지팡이 없는 껍질이
골목을 지나간다
사람들은
신들이 쓰는 낡아빠진 동전
길들의 무한한 데려감
몽상의 판화
공간을 위해 이동하는 소품
물음표의 거처

# 여름과 가을 사이

새벽 시계 소리가 차갑게 말하네요

벌써 귀뚜라미 시계를 쓸 땐가요? 매미 시계는 여름에만 쓰지요

머릿속이 새벽처럼 케이오스예요 무슨 생각이 밝아오겠죠

나는 율리시즈를 썼다 너는 무엇을 했냐구요? 오토바이 소리가 무엇을 배달하네요 내가 잠들지 못하는 건 초코초코 제라늄이 제일 잘 알아요 비온 뒤 언제나 무지개가 서게 해달라고 기도한다구요? 아이리쉬브래씽이죠 사람들 사이엔 공간이 있지요 움직이는 공간이 따라다니죠 공간은 최대의 적이예요 어제 사들인 공간을 세어 보지요 고통의 지폐를 세는 거지요 서로 지독한 밖의 공간이라는 것이 슬프죠 남자와 여자의 목소리가 들려오네요 막올림 씨그널 같네요 곧 막이 올라갈까 봐요, 대단한 극장이지요 보고 듣는 것은 생각의 정거장이죠 생각들이 타고 내리네요 신문에는 한 사나이가 심각하게 찌뿌리고 있네요 신문은 고문대, 두통이 오네요 어제 친 공들이 모두 머리를 치네요 생각의 자유와 몸의 부자유, 생각의 비공간성과 몸의 공간성이 1/0의 고통의 늪이지요 S/s도 그렇지요 갈등의 공식이지요 베니스의 상

인에는 세 개의 여성 이미지가 검출된다구요 프로이트가 생산한 빵이지요 샹데리아를 두 개만 켰어요 너무 밝으면 생각이 어두워져요 선풍기는 가짜 바람을 보내면서 미안한 듯 갸웃거리네요 표정이 정직한 말이지요 2001년 주제세미나가 탁자에 앉아 있네요 서 있는 두 개의 풀이 쌍둥이 빌딩 같아요 테러는 없을 거예요 풀들만 근무하니까요 느느니 살이라고 파우스트에서도 여배우가 말했죠 살은 신종 악이예요 그 여자는 프랑스어 영어를 했죠 나는 한국어 영어를 하구요 언어는 대단한 습합을 하죠 여자와 남자 목소리가 새벽을 깨네요 아니 써네요 절교는 칼 중의 칼이지요 삶은 풀과 칼의 법치국가구요 새벽이 실어 온 물량이 넘치네요 휴식이 필요해요 사람들은 모두 잠의 바다에서 생선을 건지고 있잖아요 꿈이 생선이죠 꿈은 휘싱이지요 사람들은 낮에도 휘싱을 하죠 술은 본색을 꺼내는 핀셋이죠 핀셋을 마시면 잠이 잘 오죠 본색이 무의식이고 무의식이 꿈이고 꿈이 생선이죠 새벽이 겉껍질을 벗기고 푸른 속 껍질을 입고 있네요 연회색 차도르네요 우유가 오네요 더불리너의 우유 장수 할머니는 아니겠지요? 그 사람들 술을 밥보다 더 먹을 거예요 술은 마음의 밥이거든요 지금은 피로가 연료예요 피로를 태우면 공해가 심하죠 불면은 잠과의 숨바꼭질이죠 내가 잠을 찾는 게 아니라 잠이 나를 찾아내죠 피로는 최대의 축복이예요

항상 할 수 있는 일이 있게 해 달라고 기도하잖아요 기도는 바람이예요

내부에서 불어오는 바람, 내면에서 일어나는 수직의 바람이죠 단단한 이빨이 무엇이든 부술 수 있다고 말하죠 한입문 바람을 이빨이 씹고 있네요 아니, 바람이 이빨에 씹히지요 바람은 날개 돋친 가장 강한 이빨이예요

# 시간이 벗어 놓고 간 저 찬란한 한 벌의 옷
## ─ 동시영의 시

유 성 호(문학평론가 · 한양대학교 인문대학장)

## 1. 상상적 모험과 서정적 품격

동시영董時泳의 시선집 『기억의 형용사』는 개성적 상상력과 선명한 자의식이 빛을 뿌리는 심미적 언어의 보고寶庫라고 할 수 있다. 시인은 "열 권의 시집은 열 권의 생각"(「시인의 말」)이라고 말함으로써 이번 시선집이 그동안 출간한 열권의 시집에서 가려 뽑은 정선精選의 결실임을 토로하였다. 등단 20년을 훌쩍 넘긴 시인이 펴내는 이번 시선집에서 우리는 시대를 품고 넘어서는 시인의 활달한 상상적 모험과 타자를 포괄하려는 흔치 않은 서정적 품격을 만나보게 된다. 그만큼 시인은 자신의 기억 속에서 가장 반짝이는 순간들을 우리에게 데려와 그것을 공공적 기억으로 확산해가는 작법을 일관되게 취해간다.

우리가 잘 알듯이, 서정시는 시인 자신이 스스로를 탐구하고 돌아보는 자기 인식 속성의 장르이다. 그래서 그 창작 동기에는 나르시시즘이라는 자기 확인 욕망이 잠재적으로 드리워져 있게 마련이다. 하지만 동시영의 시는 이러한 자기 몰입의 에너지를 여러 차원에서 벗어난다. 가령 그의 시세계가 단순한 자기도취의 나르시스적 몽환에 그쳤다면, 우리는 한 자연인의 내면은 관찰할 수 있었겠지만 거기서 완결된 타자 지향의 미학을 발견하기는 어려웠을 것이다. 다행스럽게도 그는 철저하게 자아의 경험으로부터 시상詩想을 길어오지만 그것이 타자들과 소통하려는 열망을 내포하게 함으로써 관계론적 신생과 확장의 가능성을 열어 보여준 것이다. 그래서 우리는 동시영의 시를 통해 자아와 세계가 경험적 언어 속에서 접점을 이루며 상호 소통하는 탄성彈性의 미학을 발견하게 된다. 이제 그 세계 안으로 성큼 들어가 보도록 하자.

## 2. 압축과 여백의 미美를 통해 회복하는 서정의 본령

그동안 서정시는 압축과 여백의 미美를 중시하는 전통을 통해 서정의 본령을 견지하고 안착해왔다. 언어 과잉 욕망을 경계하면서, 의미의 상당 부분을 여백으로 돌리면서, 시인들은 자신의 사유와 감각을 응집해온 것이다. 의미를 설명하는 쪽이 아니라 의미를 함축하는 쪽에 서왔던 전통이 바로 그것인데, 동시영 시인은 세계내적 존재로서 인간의 복합적 삶을 장광설로 언어화하지 않고 일종의 생략 과정을 통해 독자의 상상적 참여를 강화한 작품을 이번 시선집에

여럿 실었다. 이렇게 사유와 감각을 축약하면서 비본질적 언어를 배제하는 그의 시는 초월과 암시를 주음主音으로 하는 미학을 빛나게 구현한 결실들이다. 말하지 않음으로써 의미 과잉을 경계하려는 이러한 작법은 잃어버린 서정적 윤기와 총기를 되부르는 강력한 방법으로 원용되고 있다. 그 가운데 몇 편을 만나보도록 하자.

> 가끔씩
> 신들이 지상으로 걸어 주는 전화
>
> ―「시는」 전문

> 절만 절이 아니다
> 마음 절절한 곳
> 그곳이 절이다
>
> ―「절」 전문

촌철살인의 축약성을 핵심으로 하는 단시短詩들은 번다한 언어를 배제하면서 순간적인 공감을 불러온다. 가령 '시詩' 가 "가끔씩/ 신들이 지상으로 걸어 주는 전화"라고 할 때 '시인'은 그 전화를 받고 지상에서 그 언어를 받아쓰는 이가 되어간다. 신성하고 아름다운 천상의 전화가 '시'를 거룩한 언어 행위로 규율해준 순간이 아닐 수 없다. 그런가 하면 '절' 이라는 소재를 향해서 시인은 "절만 절이 아니다/ 마음 절절한 곳/ 그곳이 절이다"라고 쓴다. 사찰이라는 일차적이고 평면적인 의미를 넘어 '절'은 절절한 마음이 울리는 모든 곳으로 한없이 확장되어간다. 이러한 울림의 확장 과정이 결국 단시의 효과를 극대화한 성과가 아닐까 한다. 다음은 어떠한가.

> 날마다 하늘을 여는 열쇠
> 키로 문을 연다
>
> —「나무」 전문

> 나무는 거꾸로 선 빗자루
> 오늘도
> 하루종일
> 허공을 쓸고 있다
>
> —「빗자루 명상」 전문

> 발을 따라간
> 발자국은 없다
>
> 무한으로 가는
> 삶을 따라간
> 사람도 없다
>
> —「발자국」 전문

앞의 두 작품 모두 '나무'를 불러왔다. 나무는 "날마다 하늘을 여는 열쇠"여서 문을 열 수 있고 "거꾸로 선 빗자루"여서 하루종일 허공을 쓸 수 있다. 이러한 짧은 언어의 명상이 '나무'를 신성하고 친숙한 존재자로 만들어준다. 뒤의 시편

은 일종의 잠언적 성취를 이룬 작품인데, 가령 "발을 따라
간/ 발자국은 없다"면서 발은 떠나고 지상에는 발자국만 남
았음을 암시하고 있다. 마침내 시인은 "무한으로 가는/ 삶"
을 따라갔던 사람은 존재하지 않았음을 강조하면서 우리도
발자국을 남긴 채 떠나야 하는 유한자有限者임을 고백한다.
이러한 경구警句 지향의 짧은 언어는 "은하수는 별들의 산책
로"(『은하수』)라든가 "시계는 시간의 물레방아"(『시계』) 같은
참신한 비유적 명명에서도 그 흔적을 이어가고 있다 할 것
이다.

　인간을 둘러싼 환경, 제도, 관행, 풍토 등이 복합성을 띠
기 시작하면서 단형 서정의 미학은 우리 문학사에서 순탄하
게 연속성을 띠지 못했다. 심미적 관조나 순간적 통찰로만
은 관계가 복합성을 띠기 시작하였기 때문이다. 단순성에서
복합성으로 나아가는 경로는 시 창작에서 어쩌면 필연적이
었다. 그럼에도 짧은 언어를 통해 시를 쓰는, 언어를 사용하
면서도 그 언어의 명료성을 부정하려는 시인들의 역설적 노
력은 압축과 초월의 미학에 대한 집착을 지속적으로 키워왔
다. 동시영 시인은 언어 과잉을 경계하고 배제하려는 선택
행위를 통해 이성적 경계를 지우면서 나머지는 여백으로 돌
리는 시적 방법론을 우리에게 보여주었다. 압축과 여백의
미를 통해 서정의 본령을 회복해가는 동시영 시편의 밀도가
새삼 깊게 다가오고 있다.

## 3. '오늘'이라는 현재형에 듣는 '한 마디 말'

두루 알다시피 서정시는 시인이 스스로 살아온 삶의 내력을 회상하고 성찰하는 시간예술이다. 앞에서도 강조하였듯이, 고백과 기억이라는 가장 원초적인 서정시의 원리는 자신의 내면으로 몰입하려는 힘으로 나타나기도 하고 다양한 타자들로 번져가려는 충동으로 나타나기도 한다. 어엿한 시간예술로서의 서정시는 이러한 고백과 기억을 통해 시인 자신이 지나온 시간을 섬세하게 재구성함으로써 그 안에 녹아 있는 보편적 삶의 이법을 탐색해가는 과정을 우리에게 선사한다. 동시영의 경우, 지나온 시간에 대한 초월적 미화美化보다는 자신의 삶을 가능케 해준 현재형의 흔적을 추스르는 쪽에서 그러한 발화가 이루어지고 있다. 다음 시편을 한번 읽어보도록 하자.

어제는 나를 따라왔을까

풀처럼 뽑혔을까

시간의 자식으로 커 오르는 내일

꽃 입고 걸어온다

저 봄은 몇 살일까?

봄처럼 생각은 늙지 않고 자란다

기억의 형용사
계속의 몸

입도 생각도 모른다

하루를 찾으면
하루를 잃는

갈등을 먹여 살리는, 마음 하나 지나간다

시간이 뿌리친다, 씨의 집, 공간 쉼터

종로를 걸어가며
종로 닮는 사람들

오늘을 힘껏 짜,
시간 즙을 마신다
—「기억의 형용사 – 씨의 집」 전문

　시선집의 표제작이기도 한 이 시편은 그동안 살아온 시간을 기억하고 오늘의 시간을 다짐하는 마음을 담고 있다. 시인 자신을 따라온 '어제'가 풀처럼 뽑히고, 시간의 자식으로 커가는 '내일'이 꽃을 입은 채 찾아온다. 그렇게 찾아온 봄처럼, 시인의 생각은 늙지 않고 힘있게 자라갈 뿐이다. 시인이 지향해온 시쓰기는 그렇게 "기억의 형용사"에 의탁하여 역

동적으로 펼쳐져온 것이다. 하루를 찾으면 하루가 사라지는
흐름 속에서 시인은 "씨의 집, 공간 숨터"로서의 시간의 처
소를 만들어간다. '오늘'을 떠올리면서 시간 즙을 한껏 자서
마시고자 하는 것이다. 어제-오늘-내일의 선조적 흐름이
아니라 '오늘'을 중심에 두고 어제와 오늘을 끌어당기는 그
"기억의 형용사"가 바로 '시인 동시영'의 모습을 아련하게 전
해준다. 이러한 적공積功의 과정은 그 자체로 자신을 가능케
해준 가장 종요로운 내질內質이 시간이었음을 고백하는 시
인의 모습을 암시해준다. 모든 순간순간이 오늘이라는 현재
형에 붙박여 있으며 그렇기 때문에 우리는 "사라지는 순간
을 잡기 위해 사랑"(「사랑하고 흐르고」)하고 그 "순간만 새 것
이고 모든 것은 헌 것"(「광장에서 들린 말 – 제마 알프나 광장」)
임을 증언해가는 것이다. 아름답고 애잔한 문양(文樣)이 그
안에 가득 흐르고 있지 않은가.

> 하늘과 땅은 영원의 입술
> 거기,
> 한마디 말처럼 우리는 산다
>
> 누구의 손에 끼웠는지
> 모르고 사는 반지처럼
> 세상에 끼워 사는 사람들
>
> 오늘은
> 어디 있는지 몰라

그냥 서 있는 곳
손으론 손자국 판화
발로는 발자국 판화

삶은 허공에서 길 찾기
새들은 안다
허공이 영원이라는 걸
사는 건 경계가 경계를 허무는 것

목숨은 갈수록 쌀쌀한 남
그들이 쓴 시간이 그들을 버린다

벚꽃이 벗하는 봄날
산 같은 빌딩
계곡 같은 골목
물 같은 사람들

사람들은 낯섦이 닳아
익숙해질까 봐 아껴 쓰고 있다
입에 드나드는 천사
웃음 하나 꺼내 본다

—「한 마디 말처럼」 전문

　　시인은 천지가 "영원의 입술"을 통해 발화하는 "한 마디
말"처럼 살아간다고 고백한다. 우리 모두는 "누구의 손에 끼
웠는지/ 모르고 사는 반지처럼" 존재의 본모습을 잘 모르는
채 살아간다. 우리는 오늘 어디 있는지 몰라 그냥 서 있을

뿐이지만, 그곳에서 "손으론 손자국 판화/ 발로는 발자국 판화"를 찍어간다. 이때 '판화版畫'는, 앞에서 본 "기억의 형용사"처럼, 시인의 시쓰기를 은유하는 이미지로 우뚝하다. 결국 시인은 삶이 허공에서 길을 찾는 과정이며 허공이 바로 영원이라는 사실에 도달한다. 이 모든 것이 하늘과 땅이 건네는 "한 마디 말"에서 채록한 시인만의 지혜이자 경험일 것이다. 결국 시인은 "경계가 경계를 허무는" 일이 삶이며 그 안에 펼쳐진 시간을 아껴 쓰면서 살아가고자 한다. "슬픔 아니면 갈 수 없는 곳"(「바람의 종을 치다」)을 향하여 "보이지 않는 그 너머/ 기도로 듣는 그 말씀"(「지금만큼 못 넘을 산」)에 귀 기울이고자 하는 것이다.

이처럼 동시영 시인은 기억과 성찰의 언어를 통해 가장 근원적인 시간의 이치를 탐구하고 표현해가는 서정의 사제司祭로 등극한다. 그는 묵언으로 전해오는 시간의 울림을 리듬감 있게 수납하면서, 사람들과 함께 했던 진중한 기억을 담아간다. 그리고 우리는 이 울림과 기억을 통해 동시영 시의 정수精髓를 발견하게 된다. 더불어 우리는 근원적이고 원형적인 보편 언어를 일관되게 추구해온 그의 사유 방식이 존재의 기원에 대한 발견으로 이어져가는 과정에 동참하게 된다. 이러한 그만의 방법은, 그것이 구체적이고 선명한 시간의 기억에 토대를 두고 있다는 점과, 시인이 그것에 대해 격정적으로 껴안는 모습을 보여주고 있다는 점에서, 퍽 독자적인 속성을 거느리게 된다. '오늘'이라는 현재형에 듣는 '한 마디 말'이 그것을 가능하게 해준 셈이다. 그렇게 동시영 시인은 자신의 시를 통해 지나온 시간을 반추하는 동시에 새로운 삶의 원리에 대한 깨달음으로 나아가고 있다.

## 4. 여행을 통해 구축해가는 새로운 예술적 의장意匠

우리가 살고 있는 시대는 근대적 징후들이 절정이자 황혼을 맞고 있는 때이다. 따라서 그동안 근대적 폐해에 대한 반성적 담론이 많이 제출되었는데, 그 안에는 인간의 가장 근원적인 사유와 실천에 대한 요구가 공통적으로 놓여 있었다. 우리는 동시영 시학의 존재 근거가 바로 여기에 있다고 말할 수 있다. 아닌 게 아니라 그의 시에는 근원적이고 신성한 세계에 대한 하염없는 열망이 깃들여 있다. 그 저류底流에는 자신이 살아온 시간에 대한 기억의 풍경이 들어 있고, 상실과 부재의 상처로 가득한 세상에 대하여 새로운 생성과 도약의 계기를 만들어주려는 의지가 숨겨져 있다. 이는 세계의 내적 원리를 상실과 부재로만 여기지 않고, 궁극적 긍정으로 변환시켜가려는 동시영 시의 비밀을 유감없이 보여주는 속성일 것이다. 우울과 불화, 결핍과 불모의 이미지가 범람하는 시대에 그는 삶의 역설적 활력을 통한 실존적 긍정으로 나아가고 있는 것이다. 그 활력의 현장으로 시인이 택하고 있는 것이 '여행'이라는 형식인데, 시인은 여행을 통해 오롯한 자신만의 예술적 의장意匠을 경험해간다. 우리가 그의 시를 읽으면서 삶의 독자적 해석 과정에 참여하는 것은 이러한 시인 자신의 의장을 통해 새로운 탄력을 부여받는 순간을 경험하기 때문이다. 더불어 이러한 발걸음은 삶이 가지는 관성에 인지적 충격을 가하면서, 새로운 발견과 호명에 의해 새롭게 다가오는 '스스로 그러한' 풍경을 돌올하게 비추어준다 할 것이다.

미소를 들고 돌을 깎았다

돌은 한 번 웃으면 그칠 수 없다

낙원을 달고 다니는
꽃들의 후손 같은 열대 얼굴들

시간은 둘러싼 병풍
밀림은 식물로 짠 그물
그 속에 잠겨 들어 시간 물결 세며
진줏빛 상처로 아우라를 그렸다
저물지 않는 태양으로
하늘 풍경風景 치고
사람들 마음 열어
새 맘 길 열어 준다

어디든 지나가러 온 지구인들은
신성한 기적 너멀 지나가 보고 싶어
저마다의 까치발을 띄워 보고 있다
　　　　　—「미소를 들고 돌을 깎았다 - 보로부두루」 전문

새벽보다 먼저 깬 사람들
가난해도 누구나 새벽은 있어
혼자 가도 여럿인 새벽 시장 간다

파는 기쁨과 사는 기쁨이 키 재기하다
손잡고 물건 따라 빙빙 도는 원무 속
싼 물건값에
비싼 행복이 팔려 가고 있다

비교하지 말라
새벽 시장에선
가난함과 부유함은 한 가지에 핀 꽃

—「새벽시장」전문

'보로부두루'는 세계문화유산으로 지정된 인도네시아의
불교 사원이다. 그곳에서 시인은 미소를 들고 돌을 깎아놓
은 오랜 시간과 마주친다. 아마도 시원始原의 얼굴을 하고
있을 그곳에서 시인은 "낙원을 달고 다니는/ 꽃들의 후손
같은 열대 얼굴들"을 바라본다. 그렇게 시간은 모든 것을 둘
러싼 병풍이 되어주고, 밀림은 식물로 짠 그물이 되어준다.
그래서 그 안에는 "시간 물결"이 깊이 잠겨 있게 된다. 시인
은 저물지 않는 태양으로 사람들 마음을 열어 "새 맘 길 열
어준" 신성한 기적 너머 풍경에 관심을 기울인다. 그 열망에
저마다 까치발을 띄워보는 사람들의 소망도 착색된다. 그때
비로소 우리는 "와도 다시 가고/ 가도 다시 오는/ 원형의 길

목"(『베네치아』)을 발견하게 될 것이다.

  그 다음은 삶의 역동성이 가득한 중국의 '새벽시장'이다. 그곳에는 "새벽보다 먼저 깬 사람들"이 가난하지만 마음 깊이 새벽을 간직한 채 살아간다. 그러니 당연히 거기는 "혼자 가도 여럿인" 곳이 된다. "파는 기쁨과 사는 기쁨"이 교차하다가 "싼 물건 값에/ 비싼 행복이 팔려가고" 있는 그곳에서 시인은 "가난함과 부유함은 한 가지에 핀 꽃"이라는 은유를 얻는다. 이때 '새벽'은 하루 가운데 가장 일찍 찾아오는 미명未明의 시간이기도 하지만 그 자체로 삶을 비유하는 지극한 매재媒材로서 다가온다. 그곳에서 시인인 말쑥한 "자연산 시 한 점"(『해풍이 혀를 내어 핥아주고 갔다』)을 얻고, "삶의 아픔을 잠재우는"(『더 템플바』) 위안과 치유의 순간을 길어올리고 있는 것이다.


     옛날의 기도가
     여기 모두 모여
     과거를 새로 피 돌게 했구나
     놀라운 손길
     바위의 영원 위에 놓고 갔구나

     돌이 된 부처와
     부처 된 돌이 서로 마주 보며 침묵하고
     바람 혀에 감겨 쓰러진 돌탑이
     기어오른 코르크나무 꼭대기에서 다시 탑이 되는구나

기억의 육체를 깨는
망각의 밀림이 미래의 호흡을
삼킬지라도
눈을 단련하는 빛나는 형체로
여기 오래도록 남겠네

되돌아오지 않는 시간이
벗어 놓고 간
저 찬란한 한 벌의 옷

— 「앙코르와트」 전문

밤의 낭떠러지에서 새벽이 오고 있네
풍경이 수수께끼를 만들고 있네
바다를 산에 엎지르고 산을 바다에 엎질렀나
내 마음도 여기 엎지르고 말겠네

물 봉우리 산 물결에
마음 물결 물렁이네

한 마리 생선 같은 하루가
온종일 울렁이네 하롱베이

풍경의 그네 탄 내가
시간결 따라 흔들리고 있네

— 「하롱베이」 전문

신성한 기운이 생생하게 남아 있는 '앙코르와트'는 옛날의 기도가 모두 모여 과거에 새로운 혈액을 공급한 공간이다. 참으로 놀라운 손길이 바위의 영원 위에 머물다 떠난 그곳에서 시인은 돌이 된 부처와 부처가 된 돌이 마주 보며 침묵하고 있는 시간을 들여다본다. 특정 공간을 경유하지만 사실은 그 안에 서린 시간을 관찰하고 있는 셈이다. "기억의 육체를 깨는/ 망각의 밀림"이 웅장한 배경을 이루고 있는 그곳에서 시인은 "미래의 호흡"을 품은 "눈을 단련하는 빛나는 형체"를 발견한다. "시간이/ 벗어 놓고 간/ 저 찬란한 한 벌의 옷"이야말로 이러한 경험을 가장 선연하게 응집한 표현이 아닐 수 없을 것이다.

그런가 하면 베트남 '하롱베이'를 찾아간 시인은 밤의 낭떠러지에서 새벽이 오는 풍경이 전해주는 수수께끼를 만난다. 바다와 산이 여럿 혼재해 있는 곳에서, 물 봉우리 산 물결에 마음 물결까지 일렁이는 곳에서, 온 마음이 "시간결 따라 흔들리고" 있다. 그렇게 "물 풍경이 마음을 치고"(『수종사』) 있을 때 낭만적 도취와 일체화의 순간이 펼쳐진다. 이때 "순간은/ 황홀한 첫사랑"(『시계처럼 눈뜨다』)처럼 다가오면서 "세상에서 가장 설레는 건 지금"(『나뭇잎』)임을 선명하게 알려준다.

동시영 시인이 열정적으로 찾아 나선 공간들은 양도할 수 없는 아우라Aura가 살아있는 신성의 거소居所들이다. 물론 그곳은 산간벽지 같은 주변부이거나, 정신의 극점이거나, 일상을 이어가는 그쪽 사람들이 모인 생활 현장이거나, 격절隔絶의 공간일 경우가 많다. 시인은 이러한 극지極地를 탐사하면서 우리 안의 빛이 회복되는 순간을 탈환하고 또 남겨간다. 그러한 실례를 읽으면서 우리도 그러한 경험을 하게 되는데, 이 모든 것이 순수 원형을 찾아가는 그만의 문학적 탐험 과정이 아닌가 한다. 그때 '여행'이란 타자 발견과 존재 회귀의 예감을 동시에 충족시키는 실존적 행위로 몸을 바꾸게 된다. 말하자면 시인은 내면을 온전히 묘사하고 드러내는 언어의 기능보다 그 너머 존재하는 어떤 본질적인 것에 더 마음을 쓰면서 움직여간다. 동시영의 시에서 빠질 수 없는 수행성으로서의 '여행'은 그 점에서 '순례巡禮'에 가까운 어떤 것이다. 미지의 길 위로 자신을 내묾으로써 일상에 길들여진 자신을 발견하는 방법 가운데 하나이니까 말이다. 그것은 자연스럽게 사물과 역사와 풍경을 새롭게 만나보게 해주고, 시인은 자신에게 무엇이 결핍되어 있고 무엇이 과잉되어 있는지를 성찰할 수 있게 되는 것이다. 근대적 효율성에 의해 사라져가지만 그 사라짐의 눈부심으로 하여 오히려 역설적으로 빛나는 시공간의 흔적을 찾아나서는 탐험가로서 동시영 시인의 모습은 환하기만 하다. 그렇게 우리는 여행을 통해 그가 구축해가는 새로운 예술적 의장을 풍요롭게 만나보게 되는 것이다.

## 5. 사물의 구체성과 투명한 내면의 결속 가능성

동시영의 시는 시간의 유장한 흐름에서 이루어가는 사물

의 구체성과 투명한 내면의 결속이 아름다운 풍경으로 화하는 과정의 소산이다. 그의 시는 살아온 날들에 대한 회상의 과정을 노래하면서, 지나온 시간에 머물러 있는 사람들, 풍경들, 사물들을 정성스레 불러내어 시간의 풍화를 타지 않은 기억으로 풀어 보여준다. 그래서 그의 시는 절실한 그리움의 세목들로 하나 하나 짜여져 있다고 할 수 있고, 가장 근원적인 가치를 지닌 인물과 사물과 순간을 호출하는 방법을 통해 아름다운 기억의 향연을 펼쳐왔다고 할 수 있다. 말할 것도 없이 이러한 속성은 삶의 보편성과 결속하여 앞으로도 궁극적 원형을 탐색하려는 그의 시적 원질原質이 되어줄 것이다. 다음 작품을 읽어보자.

혼자 태어나
외롭다고 칭얼대는 사람들
지금,
책들이
한 사람씩 맡아
봐주고 있다
책들은 베이비시터
칭얼대던 사람들 조용하다

우리는 혼자 태어났으므로
사랑할 수도
이별할 수도 있다

　　　　　　　　　　　　　—「도서관 풍경」 전문

'도서관'은 장서藏書와 독서가 함께 이루어지는 공공 기관이지만, 시인은 삶의 풍경을 간직한 새로운 공간으로 도서관을 은유하고 있다. 우리 모두는 혼자 태어나 외롭게 살아간다. 그 사람들을 "지금,/ 책들이" 하나씩 맡아 보아주고 있다. 책에만 길이 있는 것은 아니지만 책에는 누군가를 인도해가는 길이 저마다의 개성으로 담겨 있다. 그리고 책은 '베이비시터'가 되어 사람들을 조용하게 한다. 그렇게 외로이 살아가는 우리는 혼자 태어났으므로 '사랑'도 '이별'도 할 수 있는 것이 아니겠는가. 결국 도서관은 삶 자체의 은유적 공간으로 화한 것이다. 비록 "우리들의 고향은 떠나온 시간의 그곳"(「스핑크스 눈빛 마주치다」)에 있지만 우리는 언제나 "생생해지는 목숨들의 집"(「바다의 하루」)에서 삶을 이어가고 있다. 그리고 그 삶을 가장 긍정적이고 생성적으로 집약하고 있는 이미지를 시인은, 앞에서 본 "새벽시장"처럼, 저 '새벽'에서 찾고 있다.

잠 대신 불면이 새벽을 낭비하고
내 귀는 소리들의 과녁
보이지 않는 것들의 발자국이
내 귀를 쏜다
물체의 말이 정신의 촉각을 만지고
비밀의 처소를 노크한다
콜럼버스도 누구도 발견하지 못한 그곳엔
어떤 원주민도 살지 않는다
떠도는 자들의 것이기에

유랑민들만 살다가 떠날 뿐이다
목숨의 소리들이 생각의 세포를 두들겨도
만나는 것은 오직 메아리뿐

밤을 다 써버린 새벽이
빈 지갑처럼 훤하게 열려 있다
세탁이란 글자가 날개를 탄다
세탁소 사람들은 때를 벗기면서 때를 입는 사람들
옷을 빨아 입듯 생각을 빨아 입고 싶다
탄생의 전 단계는 세탁의 시간
갓 태어난 아이들은 늘상
뽀얀 빨래였다

어둠 속에서 소음범행을 저질러댄 물체들을
태양 후레쉬가 찍고 있다
잘 발달된 근육의 손이
역사의 문을 열고 있다

—「새벽」 전문


  불면의 밤을 보내고 맞은 새벽에 시인은 "보이지 않는 것
들의 발자국" 소리를 듣는다. 정신의 촉각을 만지고 비밀의
처소를 노크하는 그 소리는 "떠도는 자들의 것"이다. 그 "목
숨의 소리들"의 메아리가 빈 지갑처럼 훤하게 열려 있는 새
벽을 당겨온다. 갓 태어난 아이들이 언제나 "뽀얀 빨래"였듯
이 어둠 속 "태양 후레쉬"는 새로운 "역사의 문을 열고" 있
다. 그 새벽에 시인은, 짧은 시편을 섬광처럼 쓰고, '시간'과

'말'에 대해 긴 호흡으로 사유하고, 오래 갈망하고 설계했던 여행을 떠나고, 도서관 같은 성찰과 도약의 삶을 살아간다. 그는 "눈물도 모르는/ 슬픔"(「목숨엔 눈물도 모르는 슬픔이 있다」)을 넘어 "언제나 가장 큰 길의 주인"(「황혼과 바이올린 소리 사이로」)으로 역사의 문을 열어간다. 그것은 "신의 말"(「일상의 아리아」)을 닮은 신성과 지혜의 언어이기도 할 것이다.

이렇듯 동시영의 시는 신성과 지혜에서 발원하는 고백적 발화에 의해 펼쳐지고 완성된다. 시인이 포착하고 노래하는 대상은 가장 내밀한 개인적인 것에서 출발하지만, 어느새 일종의 공공성을 띰으로써 존재론적 확산을 가져오는 경우가 허다하다. 우리는 그러한 고백적 발화가 궁극적으로 회귀의 속성과 함께 타자 지향성을 띠고 있음을 알게 된다. 물론 이때 회귀란 철저하게 고립된 개인적 차원을 뜻하는 것이 아니라, 타자를 포괄하면서 동시에 스스로에게 돌아오는 과정을 함축한다. 그의 시는 구체적 삶의 맥락을 통해 이러한 구심력과 원심력을 보여주는 확연한 사례인 셈이다. 동시영의 시가 동심원을 그리면서 확장해갈 가능성으로 충일하다는 점이 이로써 증명된다.


## 6. 다양한 형식 의지가 빛나는 순간들

다음으로 동시영 시학의 본류 가운데 우리가 탐구하고 기려야 할 부분은 '시'라는 장르에 대한 형식적 확장 가능성에 대한 강렬한 의지이다. 아닌 게 아니라 동시영 시인의 주요한 시적 권역은 그의 시편들이 품고 있는 형식적, 정신적 자유에 대한 열망에 있다. 그것은 양식상의 비밀이 내장되어 있는 매우 첨예한 문제인데, 동시영 시편의 형식 변용에 대한 집착과 열정에서 그 해답은 선명하게 찾아진다. 사실 '시'라는 양식이 주는 자유로운 정신 표현 가능성을 동시영은 그 어떤 시인보다도 최대화해간다. 그래서 시인은 자유에 대한 열망과 시라는 양식 안에서의 절제라는 이중의 요구를 자신의 내면에 철저하게 수용하게 된다. 시의 균형과 긴장에 대한 요구를 확장 발화의 형식 안에 담아내는 것이다. 그가 야심에 찬 미학주의자임을 알게끔 해주는 부분이다. 다음 작품을 읽어보자.

나이나이 난시루 나이네 나이루

시간 삼거리,
어제 오늘 내일 위에

옛날을 되새김하는
돌이 된 소 한 마리

돌의 입술에선 신성한 전언

시간도 멀어지면 베일 쓴 매혹

때론, 미래보다 과거에 더 설랜다

그림 손으로 선사先史 살결 만지고
부호符號 속 향연으로 깊이 들어간다
키르나르 수가르 헤르혀 수마르타 나이나이 난시루 나이네
나이루

(…)

과거와 현재는 너무 닮은 형제

목숨 건 먹이 사냥
성속聖俗 넘는 남녀 교합
불안의 짝 기도에
취함인가 몰입인가
니네 나네 난시루 나이네 나이루

늙지 않는 영원에
대답 없는 질문의 터

몸에 다녀간 생각들 같은
장소에 왔다 간 동작들 나와
나이나이 난시루  나이네 나이루
나이나이 난시루 나이네 나이루
　　　　　　　　—「그를 방랑하다 - 천전리 암각화」 중에서

　이 시편은 노래의 후렴구 같은 반복의 물질성을 도입한

형식 의지의 작품이다. 우리 국악의 '구음' 곧 악기 소리를 입으로 흉내 내는 것과 몽골 음악의 '흐미' 곧 산, 강, 바람, 동물 같은 자연 소리를 입으로 흉내 내는 것을 섞어 표현한 새로운 시도라고 할 수 있다. 시인은 '천정리 암각화' 앞에 서자마자, 돌 위에 새긴 수천 년 전 암각화에서 주술처럼 생생하게 들려오는 듯한 소리를 전율로 느꼈고 그것을 시로 받아 적었다. 그것이 바로 "시간의 소가 신화의 가슴에서 풀 뜯다 안개 입 속으로 들어간" 순간이었을 것이다. 그 '방랑'의 흔적과 "몸에 다녀간 생각들"이 바로 이 시편의 저류에 흐르고 있는 셈이다. 그런가 하면 「생각은 누구의 주소인가」에서도 동시영 시인은 새로운 구성 기법을 시도하였는데, 특히 끝 부분에서는 수신자의 역할을 극대화하고자 하는 일종의 열린 구조open work를 시도하고 있다. 이 모든 과정이 다중 의미 생산을 의도하려는 시인의 의지가 반영된 실례일 것이다. 그 안에는 "이름이 짓는 추상의 집"과 "주소들이 번지듯 나타나듯 스미듯" 하는 생각의 흐름이 모호성과 확장성을 동시에 띠면서 구현되고 있는 것이다. 이러한 산문적 의식의 흐름을 바탕으로 하여 분량이 긴 시편을 써온 것은 동시영의 첫 번째 시집부터 일관되게 지속되어온 형식적 의지의 결과라 할 것이다.

반쯤 열린 어둠
침묵을 액세서리로 달고

(…)

바다도 결국 물 담긴 큰 컵
춤추는 물컵이지

구름 하늘 소금밭
너무 많이 바라보면
눈이 짜

세상은 미끄럼판
미끄러움은 새것의 입구야

행복은 필수 도구
쓰는 방법을 익혀야 해

하늘도 사람처럼
낮의 눈동자, 해
밤의 눈동자, 달
두 개의 눈동자를 가졌어
별들은 찬란한 나머지들이지

생각에도 새싹이 난다고
계절을 넘나드는

부부는 서로의 등대야
못난 건 잘 난 것을 비춰주고

(…)

사실 같은 것들이 번쩍이며 조명하다 가고

순간의 틈새로
비밀들이 들어 온다
                        —「춤추는 물컵」 중에서

이 작품은 이른바 단상斷想들의 연속 구조가 실현된 시편이다. 이는 「다가의 노래」에서 볼 수 있듯이, 짧은 시편의 변이적 구조라고 볼 수도 있을 것이다. 가령 시인은 단정한 물컵이 스스로를 변주하면서 춤을 추듯이 어둠과 침묵, 마음과 말과 시간에 대하여 감각적으로 재현하는 장면을 포착한다. 그 후에 "바다도 결국 물 담긴 큰 컵/ 춤추는 물컵"이라는 실험적 규정을 내린다. 어느새 세상은 미끄럼판이 되고, 하늘도 사람처럼 두 개의 눈동자를 가지게 되고. "별들은 찬란한 나머지"가 된다. 이어서 생각에도 새싹이 나고, 부부는 못난 건 잘 난 것을 비춰주는 서로의 등대가 되고, 마음도 아껴서야 한다는 점이 강조되고 있다. 여백 많은 그림 속에서 "말의 번개가 생각의 초원"을 두드리는 순간의 틈새로 들어오는 "비밀들"이 바로 이러한 동시영 시학의 핵심 가운데 하나일 것이다.

이처럼 동시영 시인은 자신만의 감각을 장악하고 표현하는 선명한 물질적 상상력을 개입시킴으로써, 한결 활력 있는 형식들을 우리 시단으로 불어 넣는다. 그 점에서 그의 시편은 사물의 표층 너머 숨겨진 속성들에 대한 응시와 발견을 주조로 하는 철저하게 '미학적인 것'이라고 할 수 있다. 이렇듯 광폭의 원심으로 포착한 원초적이고도 넓은 동시영의 감각이 서서히 커다란 원형을 그리면서 자기 귀환의 구심으로 비교적 풍부하게 돌아오기를 우리는 바라마지 않는다. 그가 공들여 완성해가는 '미학적인 것'의 가치가 앞으로도 빛을 뿌릴 것이라고 기대하게 된다. 이 모든 것이 그만의 다양한 형식 의지가 빛나는 순간들이 아닐 수 없을 것이다.

## 7. 또 다른 시쓰기를 향해 나아갈 아름다운 언어와 사유

지금까지 우리가 천천히 읽어온 것처럼, 동시영의 시선집 『기억의 형용사』는 그동안 펴낸 열 권의 시집이 집성集成된 미학적 결실이다. 그는 이제 삶의 연륜에서 빚어지는 오랜 감동과 깨달음의 세계를 노래함으로써, 그 안에 나날의 삶에 대한 발견의 순간을 녹이고, 인간과 세계를 원초적으로 이어주는 고리로서의 언어를 열망해간다. 그래서 그의 시는 우리에게 이성적 사유를 위한 계기를 제공하기도 하고, 실천적 삶에 대한 자극을 주기도 하며, 시인 자신의 순수 원형을 상상케 함으로써 어떤 삶의 표지標識가 되어주기도 한다. 그가 수행해가는 이러한 시쓰기의 도정은 삶의 순간순간을 지탱해온 운동의 결과로서, 시인 스스로의 실존적 조건을 힘겹고도 아름답게 유지해가는 원리로 각인되어간다. 그래서 그는 자신의 시를 통해 앞으로 살아갈 날들의 지남指南을 탐색해갈 수 있었으리라.

결국 동시영의 시는 서정의 원리에 대한 섬세한 감각, 삶의 근원과 구체성에 착목한 의미 있는 성취로 우리 문학사에 남을 것이다. 그는 우리 시대의 불모성에 대한 유력한 항체를 쉼 없이 만들어냄으로써 자신만의 고전적 사유와 감각을 보여주었기 때문이다. 시인은 자신이 오랜 시간 바쳐온 등불 같은 사유와 감각을 통해 자신의 시편들을 더욱 밝혀갈 것이다. 또한 그의 기억을 만들어준 소재 역시 그 스스로 만나온 사람과 사물이었으니, 앞으로도 이러한 것들이 동시영 시의 확고한 바탕이자 궁극이 되어줄 것이다. 그만큼 그는 존재론적 기원을 환기하는 시공간에서 생의 근거ground를 구성하면서 또 다른 시쓰기를 향해 나아갈 것이다. 그 '또 다른 시쓰기'의 모습은 그 특유의 실존적 성찰과 함께 다양한 형식과 기법, 구조적 완결성을 구축해가는 '동시영 브랜드'의 과정으로 하염없이 이어져갈 것이다. 그래서 우리는, 오랫동안 이어져온 '시인 동시영'의 이러한 아름다운 언어와 사유가 우리 시단을 출렁이게 하는 것을, 매혹의 눈으로 바라보게 될 것이다.

# 황금알 시인선